fol
prer

Traduit de l'anglais
par Marie Leymarie

Titre original : *Sophie is seven*
Édition originale publiée par Walker Books, Ltd.

Dick King-Smith

L'anniversaire de Sophie

Illustré par Hannah Shaw

GALLIMARD JEUNESSE

SOPHIE
sophie

Sophie fait le tour du jardin

En ce jour d'automne, Sophie était assise sur son lit, son cochon-tirelire à la main. Elle venait de coller une nouvelle étiquette sur son gros ventre. La première, qu'elle avait écrite à cinq ans, disait :

Plus tard, elle avait corrigé « mersi » en « merci ». Maintenant qu'elle approchait les huit ans, elle avait écrit :

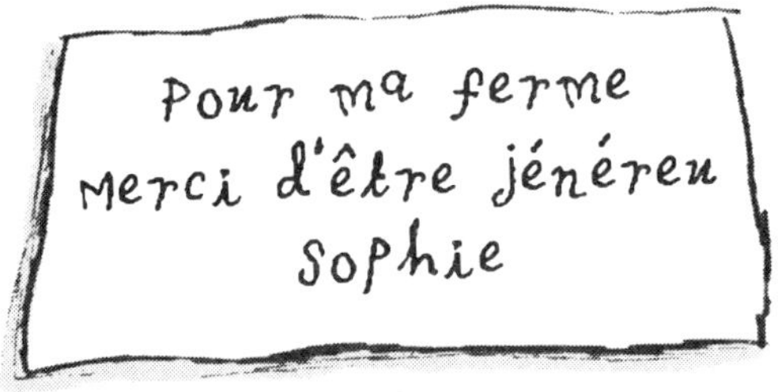

Sophie ôta le bouchon du ventre du cochon, vida les pièces qu'il contenait et les compta. Elle arriva à la somme de douze livres et soixante-dix pence.

Elle leva les yeux vers les dessins accrochés au mur de sa chambre. Il y avait là Fleur la vache, les deux poules Avril et Mai, Varicelle le cochon tacheté et Minus le petit poney. C'étaient les animaux qu'elle avait l'intention d'acheter quand elle serait fermière. Sophie, bien que petite, était très déterminée et personne

dans la famille ne doutait qu'elle réaliserait son rêve un jour.

Elle se frotta le bout du nez, signe qu'elle réfléchissait profondément.

– Douze livres soixante-dix, ça ne suffit pas. Il faut que je trouve un moyen de gagner de l'argent.

Au même instant, ses frères jumeaux, Marc et Mathieu, entrèrent en trombe dans sa chambre. Mathieu avait dix minutes de plus que Marc, et ils avaient deux ans et des poussières de plus que Sophie. Ils avaient pour habitude de ne jamais marcher s'ils pouvaient courir et de ne jamais parler doucement s'ils pouvaient crier.

– Ouah ! s'écrièrent-ils d'une même

voix en apercevant l'argent étalé sur le lit de Sophie. Combien tu as ?

– Douze livres soixante-dix, répondit Sophie. Et la politesse, alors, elle compte pour du beurre ?

– Comment ça ?

– On doit frapper avant de rentrer dans la chambre d'une dame. Vous êtes des malpolis !

– Et des patates pourrites, complétèrent-ils, car c'était l'insulte préférée de Sophie.

Ils échangèrent un sourire.

– Je sais ! s'exclama Marc.

– Je sais ce que tu vas dire ! s'exclama Mathieu.

– Moi aussi, rétorqua Sophie. Et la réponse, c'est NON. Je ne vous prête pas d'argent, pas question, pas un centime.

– Méchante ! crièrent-ils, avant de foncer hors de la chambre et de dévaler l'escalier.

Sophie rangea son argent dans son cochon-tirelire, dont elle reboucha le ventre. Elle le descendit ensuite au rez-de-chaussée et le posa en évidence sur le guéridon de l'entrée, pour que tout le monde voie son message en arrivant dans la maison. Puis elle alla trouver sa mère.

– Maman, dit-elle, comment on fait pour collecter de l'argent ?

– Pour une bonne cause, tu veux dire ?

– Oui, une cause très bonne.

– Comme les enfants en difficulté, ce genre-là ?

– Oui, répondit-elle, tout en pensant : « Je suis un enfant en difficulté. »

– Eh bien, il existe différentes solutions. On peut organiser une brocante, une tombola, ou encore une marche sponsorisée…

– Qu'est-ce que ça veut dire ?

– Quelqu'un annonce qu'il va faire une grande marche, disons dix kilomètres, et les gens s'engagent à donner une certaine somme pour chaque kilomètre parcouru. Vingt pences par kilomètre, par exemple.

– Ou une livre par kilomètre ?

– Pourquoi pas ?

– Ça ferait dix livres.

– Voilà. Si tu réussis à convaincre dix

personnes de te sponsoriser et que tu marches dix kilomètres, tu récoltes cent livres pour ta bonne cause.

– Génial ! murmura Sophie.

« Dix kilomètres, songea-t-elle. Je parie que je peux le faire. Ce n'est pas comme un marathon, pas besoin de courir… »

Un peu plus tard, elle demanda :

– Un marathon fait combien de kilomètres ?

– Quarante-deux, répondit Mathieu.

– Et cent quatre-vingt-quinze mètres, compléta Marc.

Sophie alla dans la remise du jardin, où elle gardait autrefois ses troupeaux d'escargots, de limaces, de chenilles et autres créatures du même acabit.

Elle n'abritait plus aujourd'hui que Bino, son lapin blanc, dans un grand clapier.

Sophie discuta de son projet avec lui.

– Marcher dix kilomètres, c'est plus facile que de courir un marathon, tu ne crois pas, mon coco ? C'est fastoche, même.

Bino, un gros lapin aux oreilles tombantes, la fixa de ses yeux rouges. Il fronçait le nez en direction de Sophie – signe qu'il était d'accord, d'après elle.

Puis la chatte noire de Sophie, Chat Manqué, se faufila par la porte de la remise.

– Je pourrais marcher dix kilomètres, pas vrai, Chat Manqué ?

– *Niii-ou*, répondit la chatte, ou à peu près.

Sophie jeta un regard au jardin, qui était à peu près rectangulaire et bordé d'une allée en gravier. Sophie en avait fait le tour, un jour.

– Je me demande combien de kilomètres ça fait…

Le soir même, elle interrogea son père :

– Papa, combien de kilomètres fait le tour de notre jardin ?

– Si tu marches le long de l'allée, tu veux dire ?

– Oui. Un demi-kilomètre, tu penses ?

Il se mit à rire.

– Je mesurerai pour toi, si tu veux. Chacun de mes pas fait presque un mètre. Pourquoi tu veux savoir ça ?

– Comme ça.

Solennellement, son père alla de l'un à l'autre des quatre coins du jardin, en comptant à voix haute.

– Cinquante et un, dit-il quand il eut fini. Compte cinquante, c'est plus simple. Si tu fais dix fois le tour, tu arrives à cinq cents mètres. La moitié d'un kilomètre.

– Génial ! s'exclama Sophie. Donc, si tu veux marcher un kilomètre, il faut faire…

Elle s'arrêta pour réfléchir.

– Vingt fois le tour, conclut son père.

– Et si on veut faire dix kilomètres ?

– Alors, deux cents fois. À supposer que quelqu'un soit assez fou pour faire une chose pareille. C'est bon, tu es contente ? J'aimerais bien aller voir le match de cricket à la télé, maintenant.

« Deux cents fois, pensa Sophie. Je parie que je peux y arriver quand même. »

Elle trouva Marc et Mathieu dans le salon. Les jumeaux, grands amateurs de sport, regardaient le cricket avec Flaque, le chien de la famille. Le petit terrier, blanc avec une tache noire sur l'œil, frétillait d'excitation devant la télévision. Lui qui adorait courir après une balle, il en voyait une traverser l'écran en tous sens. Il se promettait de l'attraper dès qu'elle sortirait de cette boîte !

Sophie, de son côté, regardait les images d'un air absent, absorbée par ses projets. Ça paraissait si simple de collecter de l'argent…

Imaginons que son père lui donne une livre par kilomètre, sa mère une autre, et ses frères… Non, avec eux, il fallait plutôt compter sur un centime. Il faudrait convaincre plein d'autres gens pour récolter assez d'argent. Toute l'école, peut-être. Sauf Aurore, bien sûr. Elle s'était si souvent disputée avec Aurore qu'elle refuserait sûrement de lui donner quoi que ce soit.

Mais bon, la première chose à faire, c'était de marcher ces dix kilomètres, puis elle préviendrait tout le monde et ils lui donneraient l'argent. « Demain, à la première heure », se promit-elle. Une fois sa décision prise, elle prêta attention à ce qui se passait sur l'écran. Au bout d'un moment, elle demanda :

– Il a l'air de faire beau, là où ils sont. Alors pourquoi ce type porte un chapeau et un manteau blanc, avec un pull autour du cou et un autre autour de la taille ? Il a froid ?

– Non, répondirent-ils tous. C'est un des arbitres.

– Les lanceurs enlèvent leur pull pour lancer, expliqua Marc.

– Et l'arbitre le garde pour eux, ajouta Mathieu.

– Il est bien gentil, dit Sophie.

Un peu plus tard, elle demanda encore :

– Pourquoi il fait ça ?

– Qui ? s'enquit Mathieu.

– L'arbrite.

– L'arbitre, corrigea Marc. Pourquoi il fait quoi ?

– Il sort un truc de sa poche et il le met dans son autre poche.

– Ce sont des petits cailloux, indiqua son père. Il compte le nombre de balles qu'a lancées le lanceur. Et quand il a transféré six cailloux d'une poche à l'autre, il dit : « Terminé. »

– Pourquoi ?

– Parce que c'est la mi-temps. Tout le monde passe dans le terrain d'en face.

– En face de quoi ?

– Oh, tais-toi, Sophie, protestèrent les jumeaux.

– Regarde un peu le jeu, Sophie, dit son père, tu comprendras peut-être mieux ce qui se passe.

– Non, je ne comprendrai pas, rétorqua-t-elle, avant de quitter la pièce d'un pas lourd, furieuse.

Quand arriva l'heure du coucher, Sophie avait arrêté ses plans. Demain, à la première heure, elle marcherait ses dix kilomètres.

Faire deux cents fois le tour du jardin lui prendrait un certain temps, donc mieux valait se lever tôt. Elle cogna six fois sa tête sur l'oreiller et s'endormit aussitôt.

Lorsqu'elle se réveilla, elle jeta un regard à son réveil et découvrit, surprise, qu'il était pile six heures.

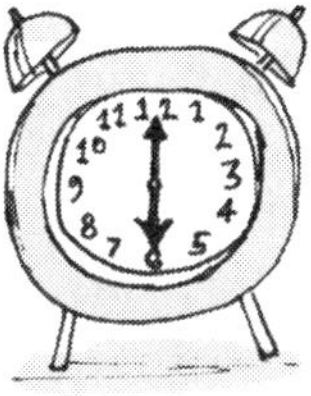

Elle s'habilla en vitesse, descendit discrètement au rez-de-chaussée, enfila ses bottes en caoutchouc et sortit de la maison, suivie par Flaque. L'air était humide et le ciel couvert.

– On va partir de la remise, mon coco, expliqua-t-elle à son chien. Et quand on sera passé devant deux cents fois, le compte sera bon. Fastiche fastoche. Sauf qu'il faut compter, sinon on risque de faire trop de tours. Je sais !

Elle ramassa une poignée de gravillons dans l'allée, qu'elle glissa dans la poche de son jean. Puis elle ouvrit la porte de la remise, dit bonjour à Bino, lui donna une carotte et trouva une vieille boîte en carton où était imprimé HARICOTS ROUGES d'un côté, et ESCARGOTS au stylo rouge de l'autre.

Elle posa la boîte par terre sur le seuil de la remise et commença ses tours, Flaque sur les talons. Quand elle eut fini le premier et qu'elle arriva devant la remise, elle prit un gravillon dans sa poche et le laissa tomber dans la boîte.

– Plus que cent quatre-vingt-dix-neuf ! dit-elle à Bino, avant de repartir pour le tour suivant.

Du ciel encombré de nuages, de grosses gouttes se mirent à tomber.

À six heures et demie, la mère de Sophie fut réveillée par le bruit de la pluie martelant les vitres de sa chambre. Se levant sans déranger son mari, elle marcha jusqu'à la fenêtre. « Le jardin avait bien besoin d'eau », se réjouit-elle. Elle aperçut alors Sophie qui longeait l'allée d'un pas solennel sous une pluie battante.

Quelle ne fut pas sa surprise quand elle la vit arriver devant la porte ouverte de la remise, prendre quelque chose dans sa poche, le jeter dans une boîte en carton, et continuer sa marche, Flaque trottinant derrière elle.

Elle se dépêcha de descendre l'escalier, enfila un imperméable sur son pyjama et courut vers la remise sous la pluie torrentielle. À peine s'était-elle mise à l'abri qu'elle vit apparaître Sophie devant la porte, un petit caillou à la main.

– Sophie ! appela-t-elle. Viens ici tout de suite !

Sophie entra dans la remise. On aurait pu croire qu'elle venait de traverser la Manche à la nage tellement elle était mouillée. Ses cheveux noirs étaient plaqués sur son crâne. Ses vêtements – un vieux jean et son pull bleu, maintenant trop petit, où les lettres de son prénom s'effaçaient – étaient littéralement trempés, et ses bottes faisaient *splotch splotch*. Flaque, qui adorait l'eau, entra à son tour et s'ébroua joyeusement.

– Qu'est-ce que tu fabriques ? demanda la mère de Sophie.

– Je marche.

– Sous cette pluie ? Tu tournes en rond dans le jardin ? Mais pourquoi ?

– Pour gagner de l'argent. Pour une bonne cause. Comme tu m'as dit.

– Une marche sponsorisée, tu veux dire ?

Elle hocha la tête, ruisselante.

– Mais pour quoi tu cherches à collecter de l'argent ?

– Pour ma ferme, répondit Sophie. J'ai que douze livres soixante-dix.

Sa mère posa un regard attendri sur sa petite fille très déterminée.

– Rentre à la maison, lui dit-elle. Tu vas enlever tes vêtements mouillés et prendre un bon bain chaud.

– Mais je n'ai pas fini ma marche, protesta Sophie.

– Si, tu as fini. Viens !

– Bon, d'accord, dit-elle. Attends trente secondes.

Elle compta les gravillons que contenait la boîte des ESCARGOTS.

– Vingt.

– Tu veux dire que tu as fait vingt fois le tour du jardin ?

– Oui. Ça fait un kilomètre, d'après papa. Il m'en reste neuf à faire.

Une fois dans son bain, Sophie joua avec une grenouille en caoutchouc qui coassait quand on lui appuyait sur le ventre. Flaque, maintenant sec, attendait sur le tapis, plein d'espoir. Il se promettait de l'attraper dès qu'elle sortirait de cette baignoire !

– Tu crois que je vais récolter combien d'argent pour avoir marché un kilomètre ? demanda la fillette.

– Sophie chérie, répondit doucement sa mère. Je crois que tu n'as pas tout compris. Quand on fait une marche sponsorisée, on va d'abord voir tout le monde pour les convaincre de vous sponsoriser, et *après* seulement, on fait la marche.

– Oh.

– Et en général, les gens font une longue marche à travers le pays, ils ne tournent pas en rond dans leur jardin.

– Oh, dit encore Sophie. Je vais rien avoir du tout, alors ?

– Bon, dit sa mère, disons que je t'ai sponsorisée. Quelle distance tu as parcourue, déjà ?

– Un kilomètre.

– Alors, je te donnerai une livre.

Sophie sourit.

– Merci, maman. En vrai, j'étais plutôt contente de m'arrêter. Je voulais faire dix kilomètres, mais je suis pas sûre que j'aurais eu la durance.

– L'endurance, tu veux dire.

– Oui. On peut aller petit-déjeuner, maintenant ? Je mourre de faim.

Mathématic
5 × 2 = ___
(8 + 2) × 2 = ___
9 - 5 + 1 × 2 = ___
15 × 2 = ___
11 + 1 × 2 = ___
Sophie
LES POULES

Sophie à l'école

Sophie aimait aller à l'école. Elle ne détestait pas sa maîtresse et elle s'entendait à peu près avec les autres enfants (à part Aurore), même si elle n'avait pas beaucoup d'amis.

D'une part, elle était très bien toute seule. D'autre part, elle trouvait, pour l'essentiel, que c'étaient des poules mouillées (comme Aurore) ou des andouilles (comme Robin, un garçon aux cheveux roux, qui avait des petites jambes mais un très grand estomac).

À une époque, Sophie l'avait recruté comme futur garçon fermier, mais elle n'avait pas tardé à le virer.

Un seul garçon trouvait grâce à ses yeux : Pierre, le fils des fermiers, grâce auquel elle allait de temps en temps goûter à la ferme (en lui demandant de demander à sa mère de l'inviter). Comme Jo, une fille qu'elle avait rencontrée lors de ses vacances en Cornouailles, Pierre sentait bon au goût de Sophie : Jo, le cochon et le cheval ; Pierre, la vache.

Ce qu'elle regrettait, en revanche, c'est qu'à l'école il n'y avait pas de cours d'agriculture.

– Je ne comprends pas, disait-elle. Je veux dire, c'est bien d'apprendre à lire et à compter et des trucs comme ça, mais comment je vais faire pour devenir fermière si on ne m'apprend pas l'agriculture ?

– Tu as beaucoup de choses à apprendre d'abord, lui répondait son père.

– Et tu as plein de livres sur les fermes, rétorquait sa mère. Tu peux déjà apprendre tout un tas de choses.

– Ou grâce à Pierre, avait fait remarquer Marc.

– Ton petit ami, avait ajouté Mathieu.

– Ce n'est pas mon petit ami, avait protesté Sophie. C'est mon ami.

– Si c'est ton ami…, avait dit Mathieu.

– … et qu'il est petit…, avait continué Marc.

– … alors, c'est ton petit ami ! avaient-ils conclu en chœur.

– Vous êtes des patates pourrites ! avait crié Sophie, avant de quitter la pièce d'un pas lourd.

Mais au cours de ce trimestre, Sophie eut une excellente surprise.

En effet, à peine rentrée des vacances de Toussaint, leur maîtresse annonça :

– À présent, les enfants, nous allons étudier la vie de la ferme.

– Youpi ! s'écria Sophie.

– J'ai pensé que tu serais contente, Sophie, dit la maîtresse. Et j'imagine que toi aussi, Pierre.

Pierre, un garçon trapu, qui avait la même taille et la même carrure que Sophie et dont les cheveux blonds semblaient presque blancs, déclara avec hauteur :

– Je sais déjà tout sur la ferme.

– Tu es très savant, dit la maîtresse. Alors, je te demanderai de rester silencieux pendant que je pose des questions aux autres. D'où vient le lait ?

Une forêt de mains se leva.

– Oui, Aurore ?

– D'une bouteille, répondit-elle.

Sophie ricana.

Aurore lui paraissait plus cruche que jamais, avec ses petits nœuds verts dans les couettes, ses boucles d'oreilles en or et ses ongles rose corail.

– Eh bien, Sophie, qu'en penses-tu ?

– Elle est ingérante, dit-elle.

– Ignorante, tu veux dire.

– Je veux dire qu'elle est neuneu. Le lait vient des vaches.

– Elle a raison, approuva Pierre.

– Je suis d'accord, mais Sophie, ce n'est pas une raison pour insulter Aurore. Puisque tu sais tout, dis-nous donc pourquoi la vache a du lait...

– Pour nourrir son bébé, bien sûr, dit-elle. Comme toutes les mamans. Moi aussi, quand je serai mariée.

– Oui, oui, dit la maîtresse. Mais restons-en aux vaches pour le moment. Quelqu'un sait-il comment s'appelle le petit de la vache ?

– Un veau ! s'exclamèrent plusieurs voix.

– Mais il faut un taureau, précisa Sophie.

– Elle a raison, approuva Pierre.

– Oui, oui, tu as tout à fait raison, Sophie, se dépêcha de dire la maîtresse.

Et maintenant, quels sont les autres animaux de la ferme ?

À nouveau, les bras se levèrent en masse.

– Des moutons, dit l'un.

– Des cochons, dit un autre.

– Des chevaux, dit Robin qui, à une époque, avait passé beaucoup de temps à faire le cheval dans la cour, attaché au bout d'une corde à sauter.

Il avait d'abord été le cheval de Sophie puis, quand elle s'était absentée pour cause de varicelle, il avait trotté autour d'Aurore. Tout s'était terminé dans les larmes au retour de Sophie (mais ce n'est pas elle qui les avait versées).

– Les fermiers n'ont pas de chevaux, protesta Pierre avec mépris. Ils ont des tracteurs. Nous, on en a un vert énorme, qui a coûté un demi-million de livres.

– Je ne pense pas qu'on utilise encore

des chevaux aujourd'hui, confirma la maîtresse. Mais vous avez oublié certains animaux, parmi ceux à plumes. Quel genre d'oiseaux peut-on trouver dans une ferme ?

– Des poules, suggéra l'un.

– Des canards et des oies, proposa quelqu'un d'autre.

– Des autruches, déclara Sophie.

Des rires moqueurs se firent entendre, en particulier de la part d'Aurore.

– Ne dis pas de bêtises, Sophie, protesta la maîtresse.

La fillette s'assombrit.

– Mais si, c'est vrai ! Il y a des élevages d'autruches, j'en ai vu à la télé !

– Elle a raison, approuva Pierre.

– Bon, ça suffit, tous les deux, s'impatienta la maîtresse. On a parlé des poules, des canards, des oies… mais on a oublié une sorte d'oiseau. Un gros oiseau.

– Les autruches sont grosses, fit remarquer Sophie.

– Non, non, c'est un oiseau qui est lié à un jour très spécial, qui va arriver d'ici quelques semaines…

Les élèves se regardèrent, perplexes. La maîtresse reprit :

– Le 25 décembre, que va-t-on fêter ?

– Mon anniversaire. J'aurai huit ans répondit Sophie.

– D'accord, mais quoi d'autre ?

– Noël ! s'exclama Aurore.

– Exactement. Et qu'est-ce qu'on va manger ?

– De la dinde !

– Voilà ! Tout le monde attend le jour de Noël avec impatience, pas vrai ?

– Non, rétorqua Sophie. Pas les dindes.

– Je commence à regretter d'avoir choisi la vie de la ferme comme thème, confia la maîtresse de Sophie à ses collègues, tandis qu'elle prenait le café dans la salle du personnel, pendant la pause. Je me demande qui fait la classe, en fin de compte : moi ou Sophie et Pierre.

Quelques jours plus tard, elle demanda aux enfants de dessiner et de peindre pour décorer les murs de la classe.

– Choisissez quelque chose en lien avec la ferme, leur dit-elle.

La plupart des enfants dessinèrent un animal. Pierre dessina un très grand tracteur, avec une toute petite silhouette

assise au volant (lui), et commença à le colorier en vert.

La maîtresse s'approcha de Sophie, non sans une certaine appréhension. «Je parie qu'elle va m'avoir dessiné une autruche, pensa-t-elle. Ou une dinde poursuivie par un homme muni d'une hache.»

Mais Sophie avait dessiné une vache. Une très grosse vache, avec d'énormes pis en plein milieu du ventre.

– Mon Dieu ! s'exclama la maîtresse. Ça, c'est une bonne laitière.

– Oui, dit Sophie.

La maîtresse désigna les quatre mamelles en forme de saucisse.

– Ils sont un peu gros, non ?

– Quoi, ses tétés ?

– Tétines, corrigea la maîtresse.

– Les fermiers les appellent des tétés, rétorqua Sophie.

– Elle a raison, approuva Pierre.

– C'est par là que sort le lait, vous voyez, ajouta Sophie.

– Oui, Sophie, je pense que tout le monde sait ça.

– Pas sûr, certains sont ingérants, protesta-t-elle en désignant Aurore de son crayon.

– Et comment tu vas appeler ta vache, Sophie ? s'empressa de demander la maîtresse.

– Fleur.

– C'est un très joli nom. Mais je trouve quand même que tu l'as dessinée un peu grosse…

– Bien sûr, dit Sophie. C'est parce qu'elle va bientôt avoir son bébé. Je vous ai expliqué, non ? Pour le taureau, vous vous rappelez ? Neuf mois plus tard, la vache devient très grosse et pleine de lait, vous voyez ?

– Elle a raison, approuva Pierre.

CHEZ NOUS
sophie
CHEVAUX

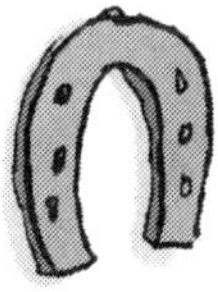

Sophie au centre équestre

– Maman ? demanda Sophie un samedi matin.

– Oui ?

– Quand est-ce que je vais commencer les cours d'équitation ?

– Après Noël. Tu n'as pas oublié la proposition de tante Al ?

Sophie n'avait pas oublié. Elle était montée à cheval pendant leurs vacances en Cornouailles, elle avait adoré, et l'avait raconté à tante Alice.

Tante Alice était son arrière-grand-tante, et toutes les deux étaient vraiment très complices. Bien que l'une n'ait pas encore huit ans et l'autre quatre-vingt-deux, elles se ressemblaient beaucoup. Elles étaient toutes les deux petites, mais très déterminées, et elles avaient les pieds sur terre.

À la fin des vacances, tante Alice avait proposé d'offrir à Sophie des cours d'équitation comme cadeau de Noël et d'anniversaire.

– Ça fait encore long à attendre, dit Sophie à sa mère.

– Quelques semaines.

– Mais je vais aller où ?

– Dans un centre équestre.

– Mais j'en connais pas !

– Je pense qu'il y en a plusieurs près de chez nous. Regarde dans les Pages jaunes.

Sophie trouva l'annuaire des Pages jaunes et l'ouvrit à la page du *C*.

– Camions (location) – Carreleurs –

Carrossiers – ah voilà, Centres équestres ! dit-elle à Chat Manqué, qui ronronnait sur le canapé.

Elle lui caressa le dos.

– Je vais apprendre à bien monter, ma minette, lui expliqua-t-elle. Comme toute fermière qui se respecte. Voyons si je peux trouver un endroit chouette et pas loin.

Il y avait plusieurs adresses dans les environs, mais une publicité attira particulièrement son attention :

Les écuries des Trèfles

- enfants et débutants bienvenus
- venez monter dans un cadre verdoyant et calme
- cours à la journée, à la demi-journée ou à l'heure
- Poneys à vendre

Lorsque Sophie lut la dernière ligne, elle pensa : « Imagine seulement… »

– On ne sait jamais, déclara-t-elle à

Chat Manqué. Avant, je n'avais pas un seul animal. Et je t'ai eue, toi, ma minette, puis un lapin, puis un chien... (Sophie aimait bien penser que Flaque était à elle, bien qu'il soit le chien de la famille). Alors... pourquoi pas un poney?

– *Niii-ou*, répondit Chat Manqué.

– Il pourrait dormir dans la remise, s'il n'est pas trop gros. Et ce serait plus facile de faire deux cents fois le tour du jardin à cheval qu'à pied!

Sophie se frotta le bout du nez.

Les jumeaux étaient partis avec leur père et, en regardant par la fenêtre, elle vit que sa mère était occupée à tailler les rosiers. Elle composa le numéro des écuries des Trèfles.

– Est-ce que vous avez un poney à vendre pour un enfant de huit ans? demanda-t-elle.

– Vous voulez acheter un poney ? s'enquit une voix de femme à l'autre bout de l'appareil.

– Oui.

– J'en ai un, justement. C'est pour un débutant ?

– Genre.

– J'ai un très joli petit poney, une femelle palomino, un mètre vingt, douce comme un agneau.

« Pas trop grosse, j'espère », pensa Sophie.

– Combien elle coûte ?

– Je ne peux pas vous la faire à moins de mille livres.

– Oh, dit Sophie. J'ai que treize livres soixante-dix.

– Aïe aïe aïe, dit la femme. Avec ça, tu ne peux même pas te payer deux leçons.

– Argh ! s'exclama Sophie. Combien ça coûte, une leçon ?

– Dix livres l'heure, pour un cours en petit groupe.

Sophie resta silencieuse. « Un jour, tante Al m'a donné cinq livres pour mon anniversaire. Peut-être que, cette fois, elle m'en donnera dix. Mais ça ne fait toujours qu'une heure. Comment je vais faire pour apprendre à bien monter en une heure ? »

– Tu es toujours là ? demanda la voix au bout du fil.

– Oui.

– Demande donc à ta maman ou à ton papa de me téléphoner, d'accord ? Comme ça, on pourra en parler ensemble.

– D'accord. Mais je préfère que vous lui dites pas que je voulais acheter un poney, si ça vous ennuie pas.

– Bouche cousue, promit-elle.

– Merci, dit Sophie. À bientôt.

« J'espère », ajouta-t-elle intérieurement en raccrochant.

Elle alla trouver sa mère dehors.

– J'ai appelé un centre équestre.

– Ah bon ? Super. Quand tu commenceras, on leur demandera s'ils ne veulent pas nous vendre un sac de crottin. C'est excellent pour les roses.

« Si tu m'achètes un poney, songea Sophie, tu pourras avoir tout le crottin que tu veux, gratos. »

– Les cours sont très chers, dit-elle.

– Combien ?

– Dix livres de l'heure.

– Ah oui, ça ne m'étonne pas.

– Mais tante Al, ça va l'étonner.

– Tu devrais peut-être lui téléphoner.

Tante Al vivait dans les Highlands, en Écosse, et Sophie l'imaginait entourée de cerfs, d'aigles royaux et de lièvres variables.

Elle lui avait déjà parlé au téléphone un certain nombre de fois, mais ça l'impressionnait toujours d'imaginer sa voix en train de parcourir les centaines de kilomètres de câble et de remonter le long des pentes très raides des hauts plateaux d'Écosse, puis la voix de tante Alice faire le trajet inverse, tout ça aussi vite que si elles étaient toutes les deux dans la même pièce.

– Salut, tante Al, dit-elle. C'est moi.

– Sophie ! s'exclama tante Alice. Comme je suis contente d'entendre ta voix. Comment va tout le monde ?

– Bah ! Chat Manqué, Bino et Flaque vont bien.

– Je pensais à tes parents, en fait, et aux garçons.

– Bah ! ça va. Comment va Onésime ?

Onésime était le chat de tante Alice, et un des fils de Chat Manqué.

– Il se porte comme un charme, et moi aussi.

Il y eut une pause. Sophie se demandait comment aborder le sujet. « Elle va avoir une crise cardiaque quand elle va apprendre combien ça coûte », pensait-elle.

– Est-ce que tu m'appelais pour quelque chose de spécial ? s'enquit tante Alice.

– Oui.

Sophie n'aimait pas tourner autour du pot. Elle alla donc droit au but.

– Tu sais, les cours d'équitation que tu voulais me payer ?

– Eh bien ?

– Ils sont atrocement trop chers.

– Ils coûtent combien ?

– Dix livres l'heure.

Des hauts plateaux d'Écosse, tout au bout des câbles, parvint un long sifflement.

– Tant que ça ?

– Oui, confirma Sophie. Donc je t'appelle pour te dire merci beaucoup, mais je pense que je peux pas apprendre à bien monter en une heure, donc il vaut peut-être mieux oublier.

– Taratata ! s'exclama tante Alice. Écoute-moi, Sophie. Si je ne me trompe pas, j'ai proposé que ce soit un cadeau pour ton anniversaire et pour Noël combinés, pas vrai ?

– Oui.

– Eh bien, si je te l'ai promis, tu l'auras. Entendu ?

– Oui.

– Si tu dois apprendre à monter, fais-le sérieusement, tu comprends ?

– Oui.

– C'est ce que j'ai fait quand j'avais ton âge et je ne l'ai jamais regretté.

Seulement, ne va pas te monter le bourrichon avec l'idée d'avoir un poney à toi. Ça coûterait une fortune à l'achat, et autant à l'entretien.

– Oui. Merci, tante Al.

– Au revoir, alors.

– Au revoir.

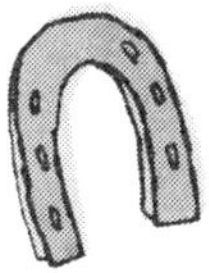

Le jour suivant, Sophie alla aux écuries des Trèfles.

Son père était parti au golf, et Marc et Mathieu jouaient au foot, comme d'habitude. Sa mère lui dit :

– Allons donc voir ce centre équestre que tu as appelé. Je veux vérifier que l'argent de tante Al ne sera pas gaspillé.

Elle leur téléphona et fixa une heure de visite.

Dès qu'elles sortirent de voiture, dans la cour, Sophie et sa mère furent dévisagées par pluseurs paires d'yeux depuis les demi-portes des box.

Puis une grande femme surgit au coin du bâtiment, suivie par une chatte écaille de tortue.

Sophie eut l'impression étrange de les avoir déjà vues.

La chatte se dirigea droit vers elle. Elle se frotta contre ses jambes, la queue levée, et se mit à ronronner aussi fort qu'un moteur à vapeur.

– Eh bien, s'exclama la femme, Dolly a l'air de t'apprécier !

– Sophie a un don avec les animaux, dit sa mère.

– Sophie ? répéta la femme, en la fixant avec attention.

– Dolly? répéta Sophie, en fixant la chatte avec attention.

– Je sais ! s'exclama la femme. Tu es la petite fille à qui j'ai acheté Dolly quand elle était chaton ! Je m'en souviens, maintenant. Tu venais d'apprendre que tu n'avais qu'une femelle. Tous les autres

étaient des mâles, et tu avais l'air très déçue.

– Ah, oui, confirma Sophie. Je voulais que des femelles pour avoir plein de chatons et récolter plein d'argent pour ma ferme.

– Tu veux être fermière ?

– Oui.

– Eh bien, déclara la propriétaire du centre équestre, qui s'appelait Meg Morris, dans ce cas, apprendre à monter est une excellente idée. Comme ça, tu pourras faire le tour de tes terres à cheval ! Tu es déjà montée sur un poney, Sophie ?

– Oui. L'été dernier, en Cornouailles. Elle s'appelait Libellule. Je suis tombée une fois.

– Mais elle est remontée tout de suite, précisa sa mère, et à la fin des vacances, elle a même sauté de petits obstacles.

– Bien ! s'exclama Meg Morris. Alors

je ne vais pas te traiter comme une débutante. Quand voulez-vous qu'elle commence ?

– Aujourd'hui, répondit Sophie.

– Après Noël, répondit sa mère.

– Je ne pourrais pas te prendre tout de suite, de toute façon, Sophie. Je n'ai pas beaucoup de places. Allons regarder dans l'agenda.

Elle les entraîna à l'intérieur d'une ancienne écurie transformée en bureau.

– Voyons, Noël est un samedi cette année, donc le samedi suivant, ce sera le Jour de l'an, et je démarre justement un nouveau groupe. Je ne prends pas plus de cinq enfants à la fois et j'ai déjà quatre petites filles inscrites. Donc Sophie serait la cinquième. Qu'en dites-vous ? Samedi 1er janvier, à dix heures ?

– Parfait, dit la mère de Sophie. Et maintenant, il faut qu'on y aille.

– Au revoir, Dolly, je dois te laisser, dit Sophie en lui donnant une dernière caresse.

– C'est une excellente chasseuse de souris, dit Meg Morris. Je ne me souviens plus combien je te l'ai achetée, mais elle les valait bien !

– Cinq livres, dit-elle. Et ça me rappelle un truc…

Elle sortit de sa poche la pièce de une livre que sa mère lui avait donnée pour sa marche sponsorisée.

– Vous vendez du crottin de cheval ?

– Oui. Il y a des sacs de l'autre côté de la cour.

– Alors je voudrais un sac de crottin pour les rosiers de maman, déclara Sophie. Combien ça coûte ?

– Pour toi, Sophie, déclara la grande et imposante Meg Morris, rien du tout. C'est un cadeau de Dolly et moi.

– Merci, dit Sophie. Je vous suis très reconnaissable.

– Elle veut dire « reconnaissante », corrigea sa mère.

– Elle est adorable, dit Meg Morris.

Dans la voiture, lors du trajet de retour, sa mère lui dit :

– C'est très gentil d'avoir pensé à m'acheter un sac de crottin.

– Je t'en prie, maman.

Elle se retourna pour regarder le gros sac sur la banquette arrière.

– Whaou ! dit-elle d'un ton joyeux. Ça pue délicieusement ! C'est mortel !

LA VIE A LA FERME

Sophie en car

Si quelqu'un avait poussé la porte de la classe de Sophie, il aurait tout de suite deviné quel thème ils étudiaient.

Les murs étaient tapissés de dessins et de peintures illustrant la vie dans une exploitation agricole. Outre l'horrible vache de Sophie et l'énorme tracteur de Pierre, il y avait des troupeaux de tous les animaux qu'on s'attend à trouver dans une ferme anglaise, plus quelques-uns qu'on ne s'attend pas à trouver du tout (comme des zèbres ou un ours polaire solitaire).

Il y avait des dessins d'étables et de champs de maïs, de bottes de foin et de poulaillers, de mares aux canards et de granges, et un grand nombre de textes décrivant la vie de la ferme.

Il y avait aussi plusieurs poèmes, dont l'un était signé de Sophie.

Sous le dessin d'un tas de boîtes de conserve, de pneus de voiture et d'un vieux poste de télévision à l'écran en miettes, elle avait écrit :

Ne soyez pas un voyou
Ne mettez pas vos ordures partout
Jetez vos conserves et vos bouteilles
À la poubelle.
Surtout faites bien attention
De fermer le portillon.
Sinon les animaux vont sortir
Et certains vont s'enfuir.
Puis surtout gardez votre chien en laisse

Pour pas qu'il chasse les moutons et les
blesse.
Si le fermier voit ça, d'un coup de fusil
il va les tuer
Parce que les intrus seront vandalisés.

Sous le poème se trouvait un autre dessin : un homme qui tenait un fusil fumant, un mouton blanc avec de grosses taches rouges et un chien sur le dos, les pattes en l'air.

– Il est très bien, ton poème, Sophie, avait dit la maîtresse.

– C'est vrai ?

– Tes rimes sont très réussies.

– N'est-ce pas ?

– Mais… tu crois que tu tueras les chiens, toi, quand tu seras fermière ?

– Ça, non, je pourrai pas.

– Pourquoi ?

– Parce que j'aurai pas de fusil.

– Mais si tu en avais un… tu ne ferais pas une chose pareille ?

– Bah, non. J'aurai pas de moutons.

– Je n'arrive jamais à avoir le dernier mot, avec Sophie, confia la maîtresse à la directrice de l'école.

– Ça ne m'étonne pas. Où en est ton projet sur la ferme ?

– Ça se passe bien. Si jamais je fais une erreur, Sophie est là pour me corriger. Ou Pierre.

– Dis-moi, c'est demain que tu emmènes ta classe visiter une ferme, non ?

– Oui.

– Bonne chance, alors.

Avant l'arrivée du car, la maîtresse de Sophie vérifia que tous les enfants avaient bien des bottes en caoutchouc (parce qu'il y aurait de la boue à la ferme) et un anorak (parce qu'il menaçait de pleuvoir). Elle s'assura aussi que tout le monde avait apporté son pique-nique et leur interdit de commencer à manger dans le car.

– Vous venez juste de prendre votre petit déjeuner, leur rappela-t-elle. Vous pouvez attendre midi.

Dans le car, les enfants s'assirent par deux de chaque côté de l'allée centrale.

Pierre se mit avec Sophie, comme elle le lui dit, et en face, le petit Robin s'assit à côté d'Aurore. Celle-ci, archigâtée par ses parents, avait toujours des bonbons sur elle, et Robin, qui était très gourmand, savait qu'elle en aurait plein les poches. Et parce qu'il redoutait que son pique-nique ne soit pas assez copieux, il avait secrètement rempli les siennes de biscuits au chocolat.

Pendant le trajet à travers la campagne, les enfants regardèrent le paysage par les vitres en poussant des cris : « Oh, regardez, des vaches ! » ou « Oh, un tracteur ! ». Mais pour Sophie la fermière et Pierre le fils de fermier, tout ça manquait de précision. Alors ils ajoutaient : « C'est des Holstein » ou « C'est un John Deere ».

Seul Robin ne s'intéressait pas au paysage. Quand il n'était pas occupé à extorquer des bonbons à Aurore, il s'empiffrait discrètement de biscuits au chocolat. La maîtresse, qui était assise au fond du car avec les deux mamans accompagnatrices,

ne s'apercevait de rien. Mais Sophie, si.

Elle donna un coup de coude à Pierre.

– Il va être malade.

Pierre hocha la tête.

Au bout d'un moment, l'action combinée des tournants de la route et des sucreries commença à faire son effet. Le visage pâle, Robin se tortilla sur son siège.

– Il va bientôt vomir, prédit Sophie.

Pierre hocha la tête.

Puis on entendit un grognement de Robin et un cri d'Aurore.

– Ça y est, dit Sophie. Il a vomi.

– Pas qu'un peu ! commenta Pierre.

– Qu'est-ce qui se passe, là-bas ? demanda la maîtresse.

– Robin a vomi sur Aurore, expliqua Sophie.

La maîtresse, en habituée des voyages en car, avait pris soin d'emporter un seau, une serviette et un rouleau de papier-toilette. Elle descendit l'allée en courant.

– Ça va, la rassura Sophie, il a vomi sur ses bottes.

– Mes bottes toutes neuves ! pleurnicha Aurore qui avait en effet des bottes roses brillantes.

La maîtresse regarda Robin, qui avait viré au verdâtre.

– Tu as commencé ton pique-nique ? demanda-t-elle.

Il secoua la tête.

– Non, répondit-il.

Après avoir nettoyé, la maîtresse chercha sa boîte de repas et en inspecta l'intérieur. Elle était pleine à ras bord.

– Tu lui as donné à manger, Aurore ? s'enquit-elle.

Aurore secoua la tête.

– Non, mentit-elle.

La maîtresse se tourna vers Sophie, de l'autre côté de l'allée.

– Tu as vu Robin manger ?

– Oui, dit Sophie, qui n'aimait pas mentir.

– C'est Aurore qui lui a donné à manger ?

Comme elle n'aimait pas non plus cafter, elle resta silencieuse.

– Pierre ? interrogea alors la maîtresse.

– Oui, répondit-il. Elle lui a donné des bonbons, et lui, il s'est bâfré de biscuits au chocolat, et ils nous en ont même pas proposé. C'est que des égoïstes !

– Il y avait de quoi être malade, commenta Sophie.

La fermière avait l'habitude de recevoir des groupes d'écoliers, et elle les attendait, prête à commencer la visite.

Elle commença par distribuer à chacun un sachet de maïs, pour qu'ils puissent nourrir les poules, les canards et les oies, sans parler des petits porcelets qui allaient et venaient librement dans la cour. À la vue des enfants, ils se précipitèrent vers eux, tandis qu'un nuage de pigeons blancs s'envolait du pigeonnier pour venir profiter du festin.

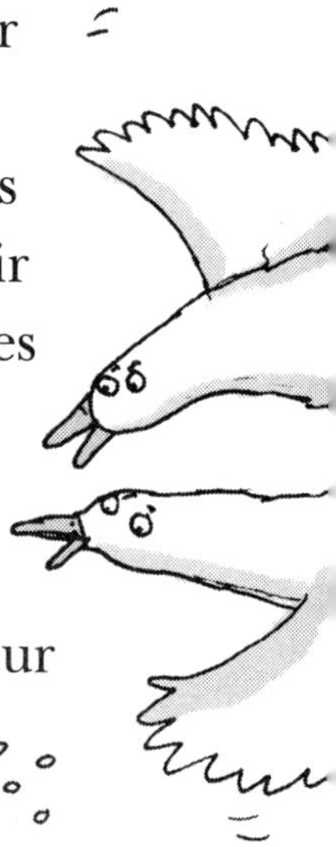

Les enfants poussèrent des « Ooh ! » et des « Aah ! » de plaisir à voir les oiseaux picorer les graines à leurs pieds, et même dans leurs mains pour les plus téméraires. Quelques enfants, Aurore en particulier, avaient peur des gros oiseaux, surtout du plus grand des jars qui battait des ailes, allongeait le cou et sifflait dans leur direction. Robin, qui avait retrouvé l'appétit en même temps que ses couleurs, mâcha pensivement ses grains de maïs, avant de décider que ce n'était pas très bon.

En revanche, ça n'aurait pas traversé l'esprit de Sophie d'avoir peur du jars. Elle se posta fermement devant lui, les mains sur les hanches, puis elle battit des coudes, allongea le cou et siffla.

Mécontent, le jars poussa un grand cri, puis entraîna ses femelles à l'écart.

La fermière, qui avait observé la scène, dit à la maîtresse :

– En voilà une qui n'a pas peur des animaux !

Sophie se rappela ce que lui avait dit tante Alice, il y a très longtemps, un jour où elle avait eu peur de perce-oreilles.

– On ne peut pas devenir une fermière si on a peur des animaux.

– Ah bon, tu veux être fermière ? C'est dur, comme boulot, tu sais !

– Pas grave.

– Il faut se lever très tôt.

– J'aime bien ça.

– Il faut être dehors qu'il pleuve ou qu'il vente.

– Ça me dérange pas.

– Et il ne faut pas avoir peur de se salir

quand on nettoie les crottes de tous les animaux.

– Pas de problème, rétorqua Sophie. Je nettoie le clapier de Bino tous les jours et je mets ses crottes sur un tas spécial. C'est bon pour le jardin, ça aide la futilité.

– Fertilité, corrigea la maîtresse.

– Bref, dit Sophie, je trouve que le fumier sent délicieux. Celui des vaches sent bon, le cochon aussi, mais les chevaux, c'est le meilleur.

– Alors tu vas être heureuse, lui dit la fermière, parce qu'on a des vaches, des cochons, des chevaux, et plein d'autres animaux. Tu vas avoir toutes les odeurs que tu veux !

Sophie passa une excellente matinée. Outre les races habituelles qu'on trouvait dans les fermes d'Angleterre, elle en découvrit quelques-unes plus rares, qui lui plurent beaucoup.

À part Fleur, Avril et Mai, Minus et Varicelle, elle décida qu'elle aurait une vache Longhorn, pour ses cornes vraiment très longues, et une vache Dexter,

pour ses pattes vraiment très courtes, et puis des poules hollandaises huppées, avec leur chapeau à plumes sur la tête, et aussi un cheval miniature Falabella, et enfin un cochon Middle White, avec son groin tout écrasé.

– Il faudra juste que j'aie une plus grande ferme, expliqua-t-elle à Pierre.

À midi, ils pique-niquèrent dans une vieille grange immense. Ils avaient tous faim et ils mangèrent avec appétit. Le plus vorace fut Robin qui, malgré sa mésaventure dans le car, dévora tout le contenu de sa boîte de repas, pourtant archipleine.

Après le déjeuner, le fermier arriva avec un grand cheval noir aux jambes très poilues et aux sabots en forme d'assiette à soupe. Henri VIII, il s'appelait. Derrière lui, suivait une énorme carriole à quatre roues, peinte en rouge, blanc et bleu, que les fermiers avaient surnommée l'arche royale.

Tout le monde grimpa à bord de l'arche royale, et ils partirent faire un tour de l'exploitation. Sophie était assise à l'avant, juste derrière l'énorme croupe d'Henri VIII. Admirative de sa beauté et de sa force, elle décida qu'il lui faudrait absolument un cheval comme lui dans sa ferme.

Ils avaient presque fini leur tour quand tombèrent les premières gouttes. Mais très vite, la pluie s'abattit à verse et tout le monde descendit de l'arche royale pour courir vers le car, qui les attendait devant le portail.

Une fois à l'abri, la maîtresse remonta l'allée et compta les élèves pour vérifier qu'ils étaient tous là.

Lorsqu'elle arriva à la hauteur de Pierre, elle vit qu'il n'y avait personne à côté de lui.

– Où est Sophie ? demanda-t-elle.

Il désigna la vitre d'un geste du pouce.

– Elle dit au revoir à Henri VIII.

En regardant dehors, la maîtresse aperçut la petite silhouette trapue de Sophie noyée sous la pluie battante, en train de caresser le bout du nez tout doux du grand cheval noir. Elle remonta l'allée en courant et appela depuis la porte :

– Sophie ! Dépêche-toi !

– S'il vous plaît, madame, cria Aurore, je veux pas être assise à côté de Robin. Il va peut-être recommencer à vomir !

– Mets-toi à côté de Pierre, Robin,

lança la maîtresse avant d'appeler à nouveau : « Allez, Sophie ! Vite ! »

Si Sophie ne s'était pas dépêchée, si la cour n'avait pas été tapissée d'une épaisse couche de fientes de poules, de canards, d'oies et de porcelets, si la pluie ne l'avait pas transformée en une soupe glissante et puante, ce ne serait peut-être pas arrivé.

Mais c'est arrivé. Sophie glissa et s'affala de tout son long.

– Ça va, Sophie ? demanda la maîtresse, inquiète, quand la future fermière arriva enfin devant elle.

– Je suis un peu sale, répondit-elle d'une voix joyeuse, en tendant ses mains pleines de boue.

Ses vêtements en étaient couverts et même son visage avait reçu des éclaboussures.

– Et un peu mouillée, précisa-t-elle.

– Beeeerk ! s'exclamèrent les autres enfants lorsqu'elle passa dans l'allée pour regagner sa place.

Mais elle était prise.

– Assis-toi à côté d'Aurore, cria la maîtresse.

Croisant le regard horrifié d'Aurore, Sophie sourit.

– Pas de problème.

SOPHIE
DE FLÛTE
labourer
et semer
DÉCEMBRE
Sophie

Sophie joue de la flûte

Sur le mur de sa chambre, Sophie avait accroché un calendrier illustré par la photo d'une ferme à l'ancienne : des toits de chaume, des meules de foin, une mare aux canards et, entre les brancards d'une charrette, un cheval qui ressemblait à Henri VIII, conduit par un petit garçon en sarrau, une blouse de travail.

Sous la photo, on pouvait lire :

Labourer et semer,
Moissonner et faucher,
Telle est la vie d'un garçon de ferme.

Sophie avait barré les derniers mots et les avait remplacés par « une fermière ». Elle rayait aussi chaque jour qui passait, car elle attendait avec impatience deux dates importantes, qu'elle avait entourées d'un cercle rouge.

La première, bien sûr, c'était Noël – et son anniversaire –, et la seconde, c'était le Jour de l'an, date à laquelle elle allait commencer ses leçons d'équitation aux écuries des Trèfles.

À l'école, ils en avaient terminé avec la vie de la ferme et préparaient maintenant le spectacle de Noël.

L'année précédente, Marc et Mathieu avaient tenu les rôles de Bonnet Blanc

et Blanc Bonnet dans une mise en scène d'extraits d'*Alice au pays des merveilles.* Sophie, elle, avait joué ce qu'elle appelait « une foule », dans un spectacle qu'elle avait baptisé « le mystère de l'activité ».

Son père avait eu le malheur de lui dire qu'une foule faisait « bla bla bla », si bien qu'alors que les Rois mages présentaient leurs cadeaux à l'Enfant Jésus dans le silence le plus complet, Sophie avait crié : « Bla, bla, bla ! »

Cette année, les CM1 montaient *Le Magicien d'Oz* et les jumeaux jouaient des Lilliputiens.

Les CE1 devaient mettre en scène l'histoire du *Joueur de flûte de Hamelin.* Les rôles ne manquaient pas : le joueur de flûte, le maire et le conseil municipal, les habitants de la ville, leurs enfants… et, bien sûr, les rats.

Sophie était un rat.

Elle n'en toucha mot à ses parents (elle n'aimait pas les enfants qui chouinent), mais elle était secrètement déçue de ne pas avoir eu un rôle plus important. Être un rat n'était pas beaucoup mieux qu'une foule – c'était même pire, parce que les rats n'avait le droit que d'une chose : couiner.

Ce qu'elle aurait adoré, c'était être le joueur de flûte, qui portait un magnifique costume rouge et jaune et qui jouait un air envoûtant suivi par les rats, puis par tous les enfants.

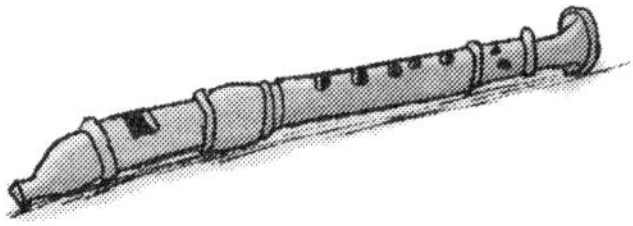

Il se trouve que la maîtresse avait en effet pensé à elle pour le rôle, parce qu'elle jouait bien de la flûte. Mais il fallait un garçon grand et mince. Sophie n'était aucun des trois. La maîtresse avait donc donné le rôle à Justin, un garçon grand et mince.

Mais, deux jours à peine avant le spectacle, le destin s'en mêla : Justin tomba d'un arbre et se cassa le bras. Rien de vraiment grave, mais il lui était malgré tout impossible de jouer de la flûte avec son plâtre.

La maîtresse organisa des auditions en urgence. Elle découvrit que Sophie jouait le petit air envoûtant tout aussi bien que Justin et que, en plus, elle avait retenu toutes ses répliques.

– Elle y met tout son cœur, confia la maîtresse à la directrice. Elle n'est peut-être pas la meilleure actrice du monde, mais quand elle dit : « Je débarrasserai la ville de ses rats ! », on la croit. Et quand elle se plante devant le maire pour exiger ses mille écus d'or, on se demande bien comment il ose refuser !

À la maison, le soir de l'audition, Sophie dit à sa famille :

– Vous savez ce qu'on fait comme pièce ?

– Oui, répondit sa mère.

– *Le Joueur de flûte de Hamelin*, c'est ça ? demanda son père.

– Sophie est un rat ! ricanèrent les Lilliputiens.

Sophie résista à la tentation de les traiter de patates pourrites.

À la place, elle déclara d'un air digne :

– Eh bien, je ne suis *plus* un rat.

– Tu t'es fait virer ? demanda Marc.

– Tu as oublié de couiner ? s'enquit Mathieu.

– Non, rétorqua Sophie, c'est juste qu'on a eu besoin d'un doublement.

– Une doublure, rectifia sa mère. Pour quel rôle ?

– Justin s'est cassé le bras, alors on a fait une addition.

– Audition, corrigea son père.

– Pour le joueur de flûte, tu veux dire ? s'étonna Mathieu.

– Oui.

– Et qui va le jouer, alors ? s'enquit Marc.

– Moi, dit Sophie. C'est moi le joueur de flûte.

Toute la famille regarda Sophie, petite, trapue, les cheveux noirs aussi embroussaillés que si elle était passée à travers une haie à reculons. Et tout le monde pensa que Sophie, bien que petite, était très déterminée.

– Je suis sûr que tu es parfaite pour le rôle, déclara son père.

– Je suis très heureuse pour toi, ajouta sa mère.

Même les jumeaux s'écrièrent d'une même voix :

– Bonne chance, Sophie !

– Merci, répondit-elle. Tout va bien se passer.

Et en effet, tout se passa bien.

Le Magicien d'Oz fut réussi, même si deux des Lilliputiens parurent un peu plus agités et bruyants que les autres.

Mais, de l'avis général, ce ne fut rien comparé au *Joueur de flûte de Hamelin.*

Dès que Sophie entra en scène avec son « long pourpoint coloré » (taillé pour Justin, donc bien trop long pour elle), personne ne douta un instant que tous suivraient ce petit joueur de flûte jusqu'au bout du monde.

D'un pas lourd, elle descendit de l'estrade et traversa le public, puis elle fit le tour du hall de l'école, la première fois suivie par les rats qui couinaient à qui mieux mieux, et la seconde par les enfants de Hamelin qui sautaient et dansaient. Et à chaque fois, Sophie joua en boucle l'air qu'elle avait appris aussi fort qu'elle le put.

En plus de ça, elle fit un sans-faute, sauf quand elle se prit les pieds dans son long pourpoint et, vers la fin, quand elle s'arrêta pour reprendre son souffle.

Un tonnerre d'applaudissements accueillit la fin de la pièce !

D'abord, le maire (Pierre, qui portait un coussin sous sa robe) vint saluer sur le devant de la scène. Puis ce fut au tour du conseil municipal, des habitants de la ville, de leurs enfants (dont une grande fille aux couettes blondes, avec des nœuds verts) et, enfin, des rats (dont un

petit rat rondouillard qui paraissait capable de dévorer un fromage entier à lui tout seul).

Mais les applaudissements les plus forts furent réservés au dernier à venir saluer : le joueur de flûte de Hamelin.

– Enlève ton chapeau pour saluer, Sophie, chuchota la maîtresse en la poussant hors des coulisses.

Sophie ôta son chapeau pointu, jaune et rouge, et se pencha si bas qu'elle faillit basculer en avant.

Ce soir-là, elle alla se coucher de très bonne humeur.

– Je suis fière de toi, avait déclaré la maîtresse.

– Bravo, Sophie, avait ajouté la directrice.

Et quand ils étaient rentrés à la maison, ses parents lui avaient dit qu'elle avait été la star du spectacle. Même les ex-Lilliputiens l'avaient trouvée géniale.

Elle s'endormit le sourire aux lèvres.

Dès qu'elle se réveilla, le lendemain matin, elle raya la date de la veille sur son calendrier. Il ne restait plus que quelques jours avant Noël et son anniversaire.

Elle remonta dans son lit et dit à Chat Manqué, qui dormait roulée en boule sur sa couette comme d'habitude :

– Tu sais quoi, ma minette ? Je vais avoir huit ans.

– *Yiii-ou*? s'exclama la chatte noire,

stupéfaite (c'est du moins ce qu'il sembla à Sophie).

– Oui. Il était temps ! Ça fait des siècles que j'ai sept ans.

– *Niii-ou,* fit Chat Manqué.

– Bon, d'accord, ça fait un an. Mais ça m'a paru une éternité.

Sophie la grattouilla derrière les oreilles et elle se mit à ronronner très fort. Alors qu'elle regardait sa chatte si noire, elle pensa à Onésime, qui était lui aussi d'un noir d'encre, et penser à Onésime l'amena à penser à sa propriétaire, tante Alice.

– Ça serait trop bien si tante Al était là pour me voir commencer mes leçons… C'est elle qui les paie, après tout. C'est dommage qu'elle soit si loin, coincée sur ses plateaux des Highlands. Je parie qu'elle se sent seule, parfois, avec juste son chat pour lui tenir compagnie.

– *Miii-ou*? interrogea Chat Manqué.

– Non, non, pas toi, ma minette. Ton fils, Onésime.

Elle poussa un soupir.

– J'aimerais vraiment que tante Al vienne chez nous, mais ça ne risque pas d'arriver, malheureusement.

Elle se frotta alors le bout du nez.

– Chat Manqué, tu ne le sais peut-être pas, mais les chats noirs peuvent porter chance. Mais seulement si tu viens du côté droit. Voyons ce qu'on peut faire.

Elle souleva sa chatte et la déposa au pied de son lit, du côté droit.

Chat Manqué s'étira en cambrant le dos et en griffant le tapis, puis elle

remonta d'un bond sur le lit. Pour augmenter ses chances, Sophie croisa les doigts de ses deux mains.

– J'aimerais vraiment que tante Al vienne chez nous.

Au petit déjeuner, Sophie mangea ses Coco Pops, tandis que Flaque attendait à ses pieds qu'elle en fasse tomber par terre. Marc et Mathieu avaient avalé leur bol à la vitesse de l'éclair, comme toujours, et avaient déjà disparu.

Le père de Sophie lisait le journal.

Sa mère ouvrit une lettre et la parcourut des yeux, puis elle dit à mi-voix à son mari :

– C'est de tu-sais-qui.

– Ah, fit le père de Sophie derrière son journal. Elle peut venir ?

– Oui.

– Pour Noël ?

– Non. Pour Hogmanay. Elle resterait une semaine.

Sophie avala une bouchée de Coco Pops.

– C'est quoi, Hogmanay ?

– C'est le nom que les Écossais donnent au dernier jour de l'année.

« Je ne connais qu'une seule personne en Écosse », songea Sophie. Elle arrêta son bras à mi-chemin de sa bouche. Sa cuillère trembla un peu, et Flaque s'empressa de nettoyer les dégâts.

– C'est qui, tu-sais-qui ?

Son père baissa son journal, échangea un regard avec sa femme et sourit.

– Devine, lui dirent-ils.

– Tante Al ? demanda Sophie dans un murmure.

– Oui.

– Elle va rester chez nous ?

– Oui. Elle arrive le 31 décembre.

– Génial ! s'écria Sophie. Ça a marché !

Sophie se fait remonter les bretelles

Le jour de Noël arriva avec, pour Sophie, son double lot de cadeaux : les uns avec écrit « Joyeux Noël » et les autres « Bon anniversaire ».

De son côté, Sophie avait veillé à ce qu'aucun membre de la famille ne soit oublié. Elle avait puisé dans ses économies pour acheter un cadeau attentionné pour chacun.

Pour son père : une grande boîte d'allumettes pour sa pipe qui s'éteignait tout le temps.

Pour sa mère : un gros savon parfumé (« C'est pas que t'es pas propre, maman, mais ça sent différent de d'habitude »).

Pour Marc et Mathieu : des bonbons, comme toujours.

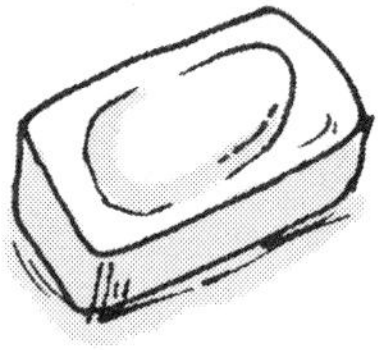

Pour Chat Manqué : un morceau de colin (« En vrai, c'est du lieu noir », avait dit le poissonnier. « Ce sera parfait pour un chat noir », avait répondu Sophie).

Pour Flaque : un bel os de chez le boucher.

Pour Bino : la plus grosse carotte du maraîcher.

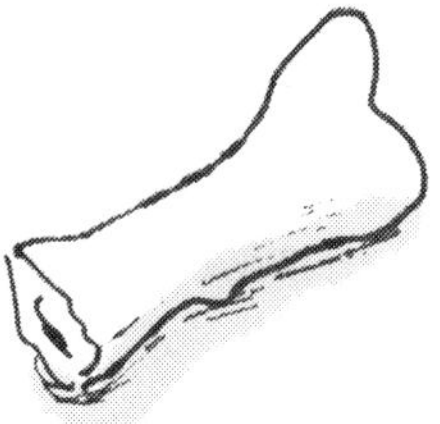

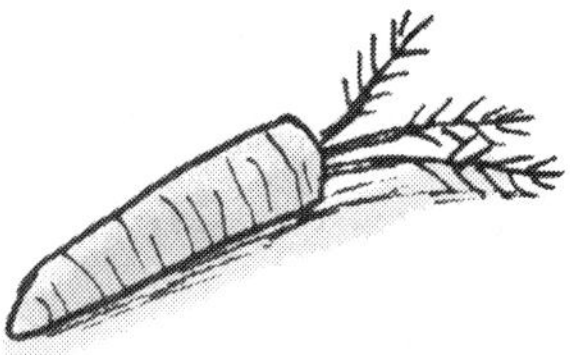

Il ne restait qu'une personne pour laquelle Sophie n'avait pas de cadeau, et c'était justement celle qui allait lui faire le cadeau le plus beau et le plus cher qu'elle ait jamais reçu, les leçons d'équitation.

Comment pouvait-elle la remercier ? Comment lui faire plaisir ? Après Noël, elle alla trouver sa mère, qui réfléchit un moment avant de répondre.

– Tu sais, plutôt que de lui acheter un cadeau, ce qui plaira le plus à tante Al, c'est quelque chose que tu auras fait juste pour elle. Un cadeau spécial.

– Mais je ne sais rien faire, protesta Sophie. Je suis trop maladroite !

– Je sais ! s'exclama sa mère. Écris-lui un poème. Tu en avais fait un très joli sur la ferme – ta maîtresse me l'a montré. Écris-en un pour tante Al.

– Mais sur quoi ?

– Tu peux lui faire une carte de Noël, avec un dessin.

– Mais Noël est déjà passé.

– Alors une carte de Nouvel An.

– D'accord, dit Sophie. Je vais essayer.

Elle fit d'abord le dessin. Après avoir longuement réfléchi, elle décida de dessiner un chat noir. Les chats n'étaient pas trop difficiles à faire et ce n'était pas non plus difficile de le colorier au feutre noir. Elle prit soin de le représenter en train de marcher de droite à gauche, bien sûr, puis elle s'appliqua pour écrire ONÉSIME. Inventer le poème lui demanda plus de temps, mais elle s'y mit avec ardeur, ne s'arrêtant que pour demander: «Qu'est-ce qui rime avec Écosse?» ou «Qu'est-ce qui rime avec hauts plateaux ? » ou encore « Quel âge aura tante Al l'année prochaine ? ».

Elle le termina la veille de l'arrivée de tante Alice. Le matin du 31 décembre, elle fut surprise de voir son père se préparer pour aller chercher son arrière-grand-tante à la gare.

– Le train arrive à neuf heures, expliqua-t-il.

– Youpi ! cria Sophie. Tu as dit qu'elle habitait à neuf cents kilomètres. Si elle est partie ce matin, c'est le train le plus rapide du monde !

– Non, non, il a mis dix heures, mais elle a voyagé en wagon-lit. J'espère qu'elle a dormi la plupart du temps.

Et en effet, quand tante Alice arriva, elle avait l'air fraîche comme une rose. Sophie attendit que tout le monde soit occupé à droite et à gauche pour lui donner son cadeau spécial.

– Je l'ai fait pour toi, dit-elle. Ça m'a pris horriblement longtemps.

Tante Alice prit la carte de sa petite main maigre et osseuse, regarda le dessin du chat noir et lut :

C'est un poème pour toi, tante Al,
Parce que t'es mon amie spéciale
Et bientôt, m'a dit maman,
Tu vas avoir quatre-vingt-trois ans.
Alors je te souhaite une bonne année
Et j'espère que tu vas bien t'amuser
Chez nous, où il fait bien plus chaud
Que sur tes hauts plateaux,
Où il fait vraiment trop froid.
Et sur le dessin, qui tu vois ?

Onésime ! Et tu pourras voir sa soeur Dolly
Parce qu'elle vit aux écuries
Des Trèfles, où je vais monter samedi,
Et c'est toi qui m'offres les leçons,
Alors je saute au plafond !
Tendrement, ton arrière-petite-nièce.

– Il est très bien, ton poème, Sophie, dit tante Alice.

– Pas vrai ?

– Tes rimes sont très réussies.

– N'est-ce pas ?

– C'est le plus beau cadeau que tu aurais pu me faire, continua tante Alice. Il est très précieux à mon cœur. Et à ce propos, j'ai apporté quelque chose que je voulais te montrer…

Elle fouilla dans son sac et en sortit un vieux cliché en noir et blanc.

– Regarde ça.

Sophie prit la photo pour l'examiner.

Elle était un peu floue et elle avait bruni, mais on pouvait quand même distinguer une petite fille sur un poney.

– Qui est-ce, d'après toi ?

– Sais pas, dit Sophie. Je la connais pas.

– Retourne la photo, conseilla tante Alice.

Sophie la retourna et vit une écriture d'adulte en pattes de mouche, à moitié effacée, qui disait :

– C'est toi ! s'exclama Sophie.

– Exactement. J'avais neuf ans.

– Et Frisk était à toi ?

– Oui. C'était un poney assez désobéissant, mais je l'aimais plus que tout au monde.

– Plus que ton papa et ta maman ?

– Non, peut-être pas. Mais juste après.

– J'aimerais tellement avoir un poney à moi ! dit Sophie.

– Attends donc d'avoir une ferme, dit tante Alice. Là, tu pourras avoir un cheval. Mais dis-moi, c'est demain ta première leçon, c'est ça ?

– Oui, mais ce n'est pas vraiment la première. J'ai déjà fait du poney en Cornouailles.

– Dis-moi tout ce qu'on met au cheval pour le monter…

– Eh bien, il faut une bride, des rênes et une selle. Ah oui, et puis un truc autour de son ventre.

– Une sangle. Tu sais ce qu'est un mors brisé ?

– Non.

– C'est une tige en métal qui va dans la bouche du cheval, mais qui est articulée, du coup ce n'est pas aussi agressif qu'un mors traditionnel. Et qu'est-ce qu'un tapis de selle ?

– Je sais pas.

– C'est un tapis matelassé, parfois une peau de mouton, qu'on glisse sous la selle pour l'empêcher de frotter et de blesser le cheval.

– Ouah, t'en sais des trucs, tante Al ! s'exclama Sophie.

– J'étais une bonne cavalière, autrefois. Tu veux que je te dise comment ça va se passer demain, d'après moi ?

– Oui, s'il te plaît.

– Vous allez tous monter vos poneys dans un bâtiment fermé qui s'appelle un manège. Et tout autour de ce manège, il y aura des poteaux à intervalles réguliers, avec des grosses lettres : *K, V, E, S, H, A, F, P, B, R, M, C, H, S, E, V, K.*

– Pourquoi ?

– Comme ça, le moniteur peut te dire : « Maintenant, tu vas de *A* à *M* ». Ou « De *E* à *B* », etc.

– Oh. C'est toujours les mêmes lettres ?

– Oui, confirma tante Alice, et pour t'en souvenir, on te donnera cette phrase : « Kevin Veut Encore Ses Haricots Attention Faut Pas Bousculer Rose-Marie Car Henri Surveille En Voiture Kaki »

– Ça alors, dit Sophie.

Au réveil, le lendemain, Sophie regarda le chiffre entouré de rouge sur son calendrier.

– Bonne année, ma minette, dit-elle à Chat Manqué.

Mais la chatte noire se contenta de bâiller.

Sophie consulta sa montre. Sept heures. Plus que trois heures à attendre. Elle s'habilla et descendit au rez-de-chaussée pour ouvrir la porte du jardin à Flaque, puis elle alla à la remise nourrir Bino. Elle leur souhaita une bonne année, mais Flaque aboya pour qu'elle lui lance un bâton et Bino remua le nez, parce que c'était tout ce qu'il savait faire.

En revanche, au petit déjeuner tout le monde lui retourna ses vœux.

– Cette année, annonça la mère de Sophie à tante Al, Sophie va entrer en CM1.

– Oh oh ! dit tante Alice. Tu es impatiente, Sophie ?

– Oui, parce que je pourrai faire du judo et flanquer Aurore par terre.

– Qui est Aurore ?

– Une fille de sa classe, répondit Marc.

– Que Sophie ne peut pas supporter, précisa Mathieu.

– Et pourquoi ça ?

– C'est une poule mouillée, décréta Sophie.

Elle consulta à nouveau sa montre.

– Plus qu'une heure et demie, déclara-t-elle. On devrait se préparer.

– C'est à dix minutes en voiture, dit sa mère. Au fait, qui vient voir Sophie monter ?

– Je vais au golf, répondit son père.

– On va jouer au foot, répondirent les jumeaux.

– Et toi, tante Al ?

– Je ne voudrais rater ça pour rien au monde. Est-ce qu'elle a une bombe ?

– Non. On leur en prête une au centre équestre.

– Et un pantalon d'équitation ?

– Un jean fera l'affaire. J'imagine que

certaines filles auront des vêtements à la mode, mais Sophie, ça lui est égal. Pas vrai, ma puce ?

– Oui, confirma-t-elle. Tout ce qui compte, c'est d'avoir une bonne assiette.

– Tu as bien raison ! approuva tante Alice.

C'était une chance que Sophie ne soit pas coquette, parce que les trois filles qui étaient déjà là portaient toutes de jolies tenues. Meg Morris les accueillit et les présenta les unes aux autres, y compris Dolly, qui vint se frotter contre les jambes de Sophie.

– On attend juste la dernière, expliqua Meg. Ah, la voilà ! s'exclama-t-elle en voyant une voiture approcher.

En descendirent la mère d'Aurore, puis Aurore.

– Berk ! commenta Sophie d'une voix forte.

Aurore était équipée de pied en cap, avec un pantalon d'équitation moulant, des bottes cirées, une élégante veste à carreaux, un corsage en soie, une cravate barrée d'une pince dorée, et même un petit chapeau melon. C'était une vraie gravure de mode. Mais elle avait l'air inquiète, et quand elle aperçut Sophie, elle parut *encore plus* inquiète.

La mère d'Aurore ne fut pas non plus ravie de découvrir la mère de Sophie.

Elles se saluèrent d'un signe de tête gêné, tandis que Meg Morris emmenait les cinq petites filles faire la connaissance de leurs poneys.

– Tante Al, dit la mère de Sophie, j'ai quelques courses à faire, mais je ne serai pas longue. Je serai revenue à temps pour voir Sophie. Ça ne t'ennuie pas si je te laisse ?

– Pas de souci, la rassura tante Alice.

Elle regarda les cinq enfants qui revenaient, tenant chacune un poney par ses rênes. Meg leur montra tour à tour comment resserrer la sangle, détacher les étriers et se mettre en selle.

Les filles avaient l'air assez à l'aise, à part cette godiche d'Aurore, tétanisée, qui jetait à sa mère des regards pleins de détresse.

– Bien, dit Meg Morris. Maintenant, je vais vous faire tourner une par une.

Pour aller dans le sens inverse des aiguilles d'une montre, on ouvre la rêne gauche. On va de *K* jusqu'à *H*.

– Kevin Veut Encore Ses Haricots, récita Sophie.

– Super, Sophie ! approuva Meg. C'est bien de savoir ça !

Sophie parut contente.

Les trois autres filles parurent déconcertées. Aurore, elle, était blanche comme un linge.

Alors que Meg Morris faisait le tour du manège avec la première des cavalières, tante Al s'approcha de la rambarde, à la hauteur de Sophie.

– Sophie, chuchota-t-elle, cette fille derrière toi, tu la connais ?

– Pas qu'un peu, répondit-elle. C'est Aurore.

– J'ai l'impression qu'elle a peur.

– Évidemment, c'est une froussarde, rétorqua-t-elle en lui jetant un regard dédaigneux.

– Tout le monde ne peut pas être courageux comme toi, dit tante Alice. Pourquoi tu ne lui dis pas quelque chose de gentil pour l'aider à se sentir à l'aise ?

– Tu rigoles ? protesta grossièrement Sophie.

– Je ne rigole pas du tout, Sophie, répliqua tante Alice d'une voix sèche. Si tu n'es pas capable d'un petit effort de

gentillesse, ta première leçon risque d'être ta dernière. Je ne veux pas que mon argent serve à récompenser un mauvais comportement.

Elle se détourna et s'éloigna sur ses frêles jambes d'oiseau.

Sophie devint rouge cramoisi.

Elle se retourna vers Aurore, qui devint encore plus blanche – si c'était possible.

– Qu'est-ce qui ne va pas ? lui demanda Sophie avec humeur.

– Je ne me sens pas bien, répondit Aurore d'une petite voix. J'ai peur de tomber.

Sophie regarda les longues jambes d'Aurore.

– Tu ne tomberais pas de haut.

– J'ai peur quand même, répéta Aurore.

Sophie respira un grand coup.

– Écoute, Aurore, dit-elle de sa voix la plus gentille possible. Tout va bien se passer. Il n'y a aucune raison d'avoir peur. T'as rien à faire à part rester assise et la dame va te tenir par la bride. Il peut rien t'arriver. Et si t'aimes pas ça, eh bien, personne t'oblige à revenir.

« Ça serait trop bien », ajouta-t-elle dans sa tête.

Aurore fut si surprise que Sophie lui parle presque gentiment qu'elle en oublia sa peur. Elle se laissa promener, abasourdie.

La mère d'Aurore les regardait, un sourire aux lèvres, et tante Alice les regardait aussi, le visage impassible.

La mère de Sophie revint juste au moment où Meg Morris disait à Sophie :

– Au pas.

La monitrice ne mit pas longtemps à remarquer à quel point Sophie, en dépit de son manque d'expérience, était à l'aise à cheval.

Elle lui donna des consignes différentes des autres, qui la regardèrent avec admiration – et en particulier Aurore, qui avait retrouvé ses joues roses. Elle la fit changer de direction, longer le manège dans le sens des aiguilles d'une montre, puis la mit au trot, et Sophie se souleva sur sa selle avec le plus grand naturel.

Une fois la leçon terminée, Sophie les rejoignit de son pas lourd, et sa mère la félicita.

– Bravo, ma puce, tu as très bien monté.

– Bravo, Sophie, dit tante Alice. Tu as mérité tes autres leçons.

Elle posa sur Sophie son regard bleu incisif et Sophie n'eut pas besoin d'explications. Elles échangèrent un sourire.

– Elle se débrouille comme un chef, non ? lui demanda la mère de Sophie.

– Pas mal, concéda tante Alice. Elle a juste besoin d'un petit coup de cravache de temps en temps.

TAXI

Sophie à la ferme

Tante Alice repartit avant la deuxième leçon d'équitation de Sophie. Elles se séparèrent les meilleures amies du monde.

– Je vais faire encadrer ton poème pour l'accrocher au mur, dit tante Alice. Et tiens-moi au courant de la suite de tes leçons. Je pense que tu feras une excellente cavalière. Et quand tu seras un peu plus grande, tu viendras nous rendre visite, à Onésime et moi. Je suis sûre que tu aimeras les Highlands.

– Moi toute seule ?

– Ce serait formidable si toute la famille venait... Cet été, peut-être, depuis le temps que ton père en parle... Mais sinon, oui, tu pourras venir toute seule quand tu seras assez grande. Dans, disons... sept ans, quand tu auras quinze ans.

Sophie fit le calcul dans sa tête.

– Mais tu auras quatre-vingt-dix ans, et...

– Et j'aurai peut-être passé l'arme à gauche ? Ne t'en fais pas, va, j'ai bien l'intention d'aller jusqu'à cent ans et de recevoir un télégramme de la reine ! Mon père a vécu jusqu'à cent deux ans trois quarts, alors j'ai bon espoir.

– Est-ce qu'Onésime sera toujours vivant ?

– Je ne vois pas ce qui l'en empêcherait. Il lui reste encore neuf vies...

Lorsque vint le moment de se dire au revoir, Sophie se préparait à lui serrer la main, comme elles l'avaient toujours fait. Ni l'une ni l'autre n'aimaient beaucoup les bisous. Mais elle jeta ses bras autour de sa taille toute maigre et blottit son visage contre son ventre, tandis que son arrière-grand-tante caressait sa tignasse ébouriffée. Quand la voiture qui

l'emmenait à la gare s'éloigna, Sophie cria : « À bientôt ! » et tante Alice cria en retour : « Promis ! » Puis elle disparut.

Le jour suivant, Sophie alla aux écuries des Trèfles pour sa deuxième leçon. Elle fut soulagée de voir qu'Aurore n'était pas là ; elle n'aurait pas besoin de se forcer à être gentille.

– Est-ce qu'Aurore est malade ? demanda-t-elle à Meg Morris.

– Non, elle a décidé d'arrêter.

– Ah, dommage, fit Sophie.

– Je pense que ce n'était pas vraiment son truc.

– Non, confirma Sophie, elle veut être coiffeuse.

Elle le savait parce qu'au trimestre dernier, ils avaient dû écrire sur un papier ce qu'ils voulaient être plus tard.

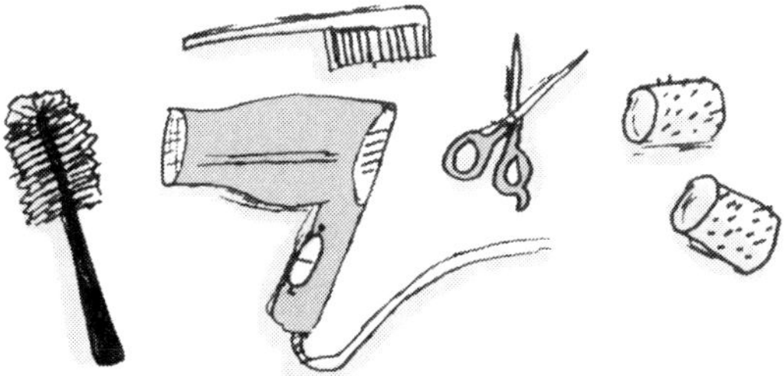

La plupart des garçons rêvaient d'être footballeurs ou pilotes de course, la plupart des filles, infirmières ou maîtresses, mais quelques-unes, dont Aurore, voulaient être coiffeuses. Pierre, bien sûr, avait écrit « fermier », Sophie « fermière » et Robin « chef cuisinier ». Quand on lui avait demandé pourquoi, il avait eu cette réponse toute simple : « Parce que j'aime bien la nourriture. »

Le soir de la rentrée, Sophie aborda avec son père le problème de l'argent de poche. À cause des cadeaux de Noël, ses économies avaient fondu : il ne lui restait plus que neuf livres et dix pence.

– Ça fait trois ans que je mets de l'argent de côté, lui expliqua-t-elle. Ça veut dire que je n'économise que trois livres par an. Comment on appelle quelqu'un de vraiment pauvre ?

– Un miséreux ?

– Alors je suis la plus miséreuse sur terre.

Elle montra à son père une opération sur un bout de papier.

– Regarde. Je veux avoir assez d'argent pour m'acheter une ferme quand je serai grande, c'est-à-dire à dix-huit ans, donc dans dix ans. Trois fois dix, ça fait trente. Ajouté à l'argent que j'ai déjà, ça fait trente-neuf livres et dix pence. Comment je vais pouvoir acheter une ferme avec trente-neuf livres ?

– Tu te marieras peut-être avec un fermier. Qui sait…

– Je ne me marierai avec Pierre que s'il hérite de la ferme de son père, déclara Sophie.

– Quand son père prendra sa retraite, tu veux dire.

– Ou quand il mourra, ajouta Sophie d'un ton détaché. Il est assez vieux.

« Je pense qu'il n'a pas quarante ans, pensa le père de Sophie. Il doit avoir à peu près mon âge. »

– Eh bien, Sophie, conclut-il, tu vas devoir te serrer la ceinture.

– Je devrais recevoir des allocutions familiales.

– Allocations, tu veux dire ?

– Je veux dire plus d'argent de poche. J'ai huit ans, maintenant. Je devrais avoir une livre par semaine, comme Marc et Mathieu. C'est pas juste. J'ai cinquante pence, et eux, ils ont deux livres !

– Parce qu'ils sont deux, lui fit remarquer son père.

– C'est parce que je suis une fille, insista Sophie. Les femmes devraient être payées autant que les hommes.

Le père de Sophie se sentit faiblir devant tant de détermination.

– Bon, très bien. Je t'augmente à une livre par semaine.

– Merci, papa !

Elle examina à nouveau son bout de papier.

– Ça fait déjà deux semaines depuis mon anniversaire, donc tu me dois déjà deux fois cinquante pence.

– Oh, Sophie, tu seras une formidable femme d'affaires, pas de doute. Pierre aura bien de la chance s'il décide de se marier avec toi.

Sophie se frotta le bout du nez.

– Ce n'est pas lui qui décidera, dit-elle, mais tu m'as donné une idée.

Dans la cour de récréation, le jour suivant, Sophie dit à Pierre :

– Tu ne m'as pas encore invitée, cette année.

– C'est le deuxième jour de classe, protesta-t-il.

– N'empêche. Tu ne m'as pas encore invitée. Tu ferais bien de demander à ta mère de m'inviter.

– Ah, d'accord.

Deux jours plus tard, la mère de Pierre proposa à la mère de Sophie de l'inviter à goûter.

– J'essaierai de l'empêcher de tomber

dans une bouse de vache ou dans la mare aux canards, cette fois, promit-elle.

Avant le goûter, le père de Pierre emmena les deux enfants voir une truie qui avait mis bas dix porcelets dans la nuit. Alors qu'elle regardait les petits bébés roses à travers les barreaux de l'enclos, Sophie lui demanda :

– Quel âge vous avez ?

– Je vais avoir quarante ans cette année.

– Quand vous allez partir à la retraite ?

Il sourit.

– Pas avant un bout de temps, Sophie.

Dans une vingtaine d'années, sans doute, quand Pierre sera assez vieux pour prendre la relève.

– Oh, dit Sophie. Il va prendre la relève, alors ?

– Je l'espère. Car cela fait longtemps à présent que cette ferme se transmet de père en fils.

– Je conduirai tous les tracteurs, déclara Pierre.

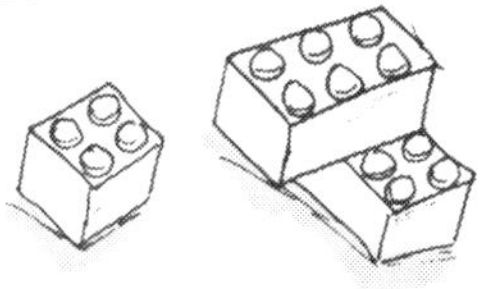

– Il est doué de ses mains, reprit son père. Il fait de super-constructions en Lego. Il devrait bien s'en sortir avec tout ce qui est mécanique.

– Moi, je suis douée avec les animaux, dit Sophie. Je serai fermière, vous savez.

Le père de Pierre regarda les deux enfants de huit ans, l'un à côté de l'autre devant l'enclos des cochons, une tête blonde et une tête noire. « Imagine, dans une vingtaine d'années…, se dit-il. Pierre aurait plutôt de la chance… »

Après le goûter, Pierre et Sophie regardèrent des dessins animés à la télévision. Enfin, surtout Pierre. Sophie réfléchissait.

– Combien tu as d'argent de poche ? lui demanda-t-elle.

– Une livre par semaine.

Elle hocha la tête. « J'avais raison », pensa-t-elle.

– Et tu as combien de côté ?

– À peu près deux cents livres.

– Ne dis pas de bêtises, Pierre, rétorqua Sophie. Combien en vrai ?

– J'ai eu vingt livres à Noël et je les ai pas encore dépensées.

– Ne les dépense pas, dit Sophie. Garde-les.

– Ah, d'accord, dit Pierre, qui avait envie de regarder l'émission sans être interrompu.

– Tu devrais pouvoir économiser cinquante pence par semaine, continua Sophie.

– Ah, d'accord.

– Et si je fais pareil, dans vingt ans, à nous deux, on aura une petite fortune. Je n'aurai pas besoin d'acheter une ferme et des animaux, et ton père pourra prendre sa retraite tranquille. Toi, tu seras fermier, et moi fermière.

Pierre, les yeux rivés à l'écran, ne répondit pas.

Sophie poussa un soupir.

– Pierre, dit-elle, écoute-moi.

– Quoi ?

– Quand on sera grands, je me marierai avec toi.

– Ah, d'accord.

Ce soir-là, quand ses parents vinrent lui dire bonne nuit, Sophie semblait spécialement heureuse. Chat Manqué, couchée sur ses pieds, ronronnait très fort.

– Qu'est-ce qui se passe ? s'enquit sa

mère. Tu fais la même tête qu'un chat qui vient de manger de la crème…

– Toutes les deux, dit son père. Elles ont l'air de deux chattes qui ont mangé plein de crème !

– Eh bien, dit Sophie, j'ai un secret à vous dire. Je vais écrire à tante Al, mais ne dites rien aux garçons, ils ne comprendraient pas.

– Ils ne comprendraient pas quoi ? Qu'est-ce que tu veux nous dire ?

Elle s'assit dans son lit.

– J'ai le plaisir de vous annoncer une grande nouvelle, déclara-t-elle. Je suis fiancée.

Dick King-Smith est né en 1922 en Angleterre, à Bitton. En 1947, après avoir servi durant la Seconde Guerre mondiale en Italie, il prend en charge la ferme familiale. Il s'occupe alors des animaux, qui le passionnent depuis son enfance. À partir de 1967, il exerce toutes sortes de métiers, puis retourne à l'université. À cinquante-trois ans, il devient instituteur dans une école primaire des environs de Bath. Encouragé par ses élèves, il se tourne vers l'écriture. L'attaque d'un renard contre ses propres coquelets lui inspire une histoire pour la jeunesse, *Les Longs Museaux* (1978). C'est le début d'une carrière d'écrivain qui compte à ce jour plus d'une centaine de romans où les animaux ont une place primordiale. En 1983, son sixième livre, *Babe, le cochon devenu berger*, remporte le Guardian Children's Book Prize. Le succès est immédiat et le livre sera adapté au cinéma en 1996. Cet immense auteur pour enfants, qui a su comme nul autre faire parler les animaux, est mort le 4 janvier 2011.

Hannah Shaw est une illustratrice anglaise. Elle a créé un grand nombre de livres pour enfants, qui ont reçu un excellent accueil critique et ont été plusieurs fois récompensés. Quand elle était petite, elle lisait les histoires de Sophie à sa sœur, qui ressemblait beaucoup à l'héroïne. Elle était donc ravie d'illustrer ses aventures. Hannah habite à Stroud, dans le Gloucestershire.
Site : www.hannahshawillustrator.co.uk

Sophie

L'escargot de Sophie

Folio Cadet Premiers romans n° 636

Sophie a deux grands frères jumeaux qui se ressemblent comme deux gouttes d'eau. Quand ils se lancent dans une course d'escargots, Sophie court aussitôt chercher le sien pour les rattraper. Elle adore les animaux et plus tard, c'est décidé, elle sera fermière ! Elle a déjà de vrais animaux, pas comme cette peste d'Aurore…

Le chat de Sophie

Folio Cadet Premiers romans n° 637

C'est l'anniversaire de Sophie et sa famille lui a offert une ferme miniature avec plein d'animaux en attendant qu'elle en achète une vraie plus tard.
Sophie adopterait bien aussi le chat qui est arrivé dans le jardin, mais son père est moins enthousiaste… Et qui s'occupera du chat pendant qu'elle sera à l'école ?

Une surprise pour Sophie

Folio Cadet Premiers romans n° 641

Le chat de Sophie est une chatte ! Elle a mis au monde quatre adorables chatons. « Pas question de les garder ! » ont dit ses parents. Mais elle peut compter sur son arrière-grand-tante Alice, sa confidente. Et sur Pierre, son nouvel ami qui habite dans une ferme.
Le jour de son anniversaire, Sophie aura une surprise… Chut !

Au galop, Sophie !

Folio Cadet Premiers romans n° 647

Pour ses sept ans, Sophie a reçu un petit terrier blanc très turbulent. Quand le chiot saute dans la mare, elle se jette à l'eau sans hésiter. Ses parents décident alors qu'elle doit apprendre à nager, car cet été, ils ont loué une maison dans une ferme, au bord de la mer. Elle pourra aussi apprendre à monter à poney. Au galop, Sophie !

Maquette : Karine Benoit

ISBN : 978-2-07-509020-9
N° d'édition : 322222
Loi n° 49-956 du 16 juillet 1949 sur les publications destinées à la jeunesse
Dépôt légal : janvier 2018
Imprimé en Espagne par NOVOPRINT (Barcelone)